石川　透編

室町物語影印叢刊　40

真野の長者物語

むかし我朝にようめいてんわうと申しは十六才の御せ
給ひまして きさきの位を御もとめありかたきことに付
こき国々まてを人をくたし あまねくもとめてあまたさきを六十六ヶ国より
名女房をめされ国々へ御くたし いとあまねく御尋ありけれとも
乃子なりとも此御きさきの名をは似たる類なしや
あこいたさきたりへさいいせよ 一乃きさきにいれん
厳しき日本国をそ御たつねけれ 日本ひろし第
せいたいのきさきの名に似たる類なし あまね一人もな
かりしてありてきさきはなかりけるに こゝにその国にけるかり
けるなりけり 流石ぶんこの国うちやまと申所に
長者一人あり まの万乃ちやうしやとて すみやきの
万乃ちやうしやとも申せしを人の申国すまさましく御

万乃ちやうしやせうせうしと人の申候はさまさまに候の
ちのとこそ申けれ御年のねんりいろまて子のみ
きこ手なるしそうちやうの志やうそんおんま
さり申子なりしうまひけれあるいは申さる
候こそせいの志ゆいしるやあつて本り志る太とる候へ
ゆうこさうこ此御ころはんたとまへは候て吹ちやく
こひのわとありし七月乃まつひの九月の二日 三十
日申しゝ申ふさんのひかさいつかりころあけ清
候んありくまさ候まとの舟へうてしくなりひめさうこ
まておそしきを詠むさうありよそ候へしくゆすの
ひあしとなりけいつきうしつきてさ次第御かのひめ十
宮のちるめころゝやこなり思おもさのそろりくさと
ひのきあちやく君絶へてをりかいうて何ゆさの思ひ

けのちゝのこゝろもやこゝより思ひよそのちかりけるを
ひさしあはせく見給へとりのいそく阿やさるの思ふ
斯く母君申そこ給ひさるかなさこいまへ参りきんや
さまにくりまつつ思ひしんましくていそきさ名いまくさし
いせよ一のききはぬいそきへしと申すくちよく志
くら長者殿くうらひせんしきてもえさこ一人乃
ひめたまへはおもひもよらぬ事なりとせんをも
むさかされらりうと思いらん御しくてその御か
殿はまのとの家しのくらをなりのうちに一万こく
さいせよそまつかありぬ物のは姫をまいりへ御
いそくへし申ちかてちよく志くらら長者殿く
まくいゝていのこそのかりとも日をすへてありと
む殿さうけしのくらをなりのうちに一まんこく仰と

陸はまのとの宰しのところなりのうちに一万こく
さいせよそをまうかゝりぬ地のしは姫をあいりへ給
そこえし也ところにてちかく志らぬ長者殿く
みちくいりていろこものかりとも日々千紙うちたりく
む色さらけしのところなりのうちに一まんこく田と
してかなもりて世へきそくてひめをさいゐさいせ
よもなの祢ちやうこ意なさきをふ御のとれいとく
たかさいつさ浦ひとよ源あ十八になりて十二月のあき
よりにもちやうしや乃ねんらうかうふるて守町よぬ百の
らうそてうちのけんそくなふたふ付てとゆき
まいきたけむとそう伽めのい時として草あもせ
みをあつやとてあのいぬ弁よあくつてやのらく
なはくせいしくれきしりたのをとらあつめて

事をたけきもとももろかなのいはとして草あをせ
おもあつやしとてあのいぬ井によくつてやのらく
なほくくせめしくれきしのたまをとりあつめて
とりくかう一まんこくきそいきくと十万こくもお
銭もん長者のかねよりこうて法しはく御ほとり
されとて東寺のみすほきつてりのうちに一まんおく
あいりくそうくとて御法の御みしとえらん御しくて
きしせんとて御のとものきこ三千一乃長者て候なり

御つかひ候はん御しくてその紙なしはまのくれ
志よんかうなおしきう紙のつく事かいれ御んさうを

御つ為い難ん両しくてその縁なかしはまかのくれ
声んわかうのみしきう給のつく里やうらいれ讀んるうを
あくこ多ま七十まてはおりはつ両てほりせよそきつかわ
りぬこものふしも姫君こいゑもへまいらへしとかきつゝして
のちよくしし川ちやうしや取くたはりかゐ声ぐ川
そうのみしきをりて里やうらいのきうんろしと段かんい
有りけくうちれしやうとそてなすれいしとくとうてお世
給すこくう露面なくなるのうへて称ときほへふの
見こしてなりめしくしてうはりとむへきこそや称うなかぬい
ひあ縁ふいゑもへまいらもへしちやうしやれ称ういう色も
きうたゞ一人のきあはぬいりへまいらせ玉ろうしきんてん
のゝてなのうちれす両井とせは親子とは思ふとも
見んとも面事をかくう較角しゆかくりいなてられ

見んと御事をかたらせ給ひしかはいよ〳〵かれ
しらぬのうけんとて我とものうけんありさま見
あはさなすまて御ともにまゐりける御やくそくも
ひしめきもんおんちやうしやふぬきまて〳〵みな〳〵
ちよせとものていしぬ長者さくの御子をむかへ
こなたりせ給はれおほしせめこひとはかりんたまひ
りかくれなりけさらにかしは長者のおもは
てめしておほしきは御もてちやうりんせきやうけく御え
にてちやうりんと七夕ひこかしのおもひのまことにて
かくこれをおほしけはなりもこく多く七なかまたお
まつけく長者とのつかひのてあまりなきむく御長者
あまりよろこうていそき給ひさいはいせりける御心
ちいらんまりしくてあまりせんさくて御のとのまかりけるて

ゑいらんまし〳〵てさうせんさしはのいろのそなへけまて
はしまるとやかたけのむとめなよひとめて十せんのらく
おなをすゑあしきもたすみるさらく新しなはべきさらあをは
御すゝりまし〳〵て十六乃ちろのこゑあちろしくは
くらせへをひけるれとふ十八日とかはらんこの國
てりさきしくはなやうちにつきなふさはあなさ
あんしてそこあり小部をさらにせさまひ一紙の十とを
くり経ふ國をのていしるみとを見ゆりもあり・は
くし此かくや御あそいはくのくそさんは色ある
はねくひをうさ元年のこまりさくめはさくさゆうや
あそくはありやうくしや合國をおしせしへらやこれ
かのそては落のきやこみの人たかしはなんこくへたみに
わくあれ御くさりそきさんはかつこうりのいちまもんは

乃くあれ御くらりそさんはかりこうのそことまうとに
そのとくにたまへよりこゝ申とちゃうしとおほせたまうりけれ
をしやうの御うこうこゝのちゃくせはたまへてちゃうや
とのくたつしけまいちりそうかなゝ御まへてまいりそと
まいらせりしてたまうかなめありけり田儀なかりさく
せんすりきれ又かいせんをせむさとゆとにたまいしお御あ
か御ゆうしみりて思ふらん御くして御はんせられは
てこく風うつりの風まうけくゆへくして田儀を
うらさうくせんましとをミかいせんと御んとをたつく
おりひをよろしとひ色てかりこうなしはのそこうへは
たまへゆてはう色はちしとよりとさうは長者まわ
さんとちゃうしやとのみすいりこのよしかくとやあく
しこにちまてはかれかけ

あまりてはうゐはちからいとよしとさうしにきこえ
さんとちやうしやとのみすいりこみよしかくとおく
御長者にきこしめされていそひてはいれわか
出てらしとをもらうてまつはちやうしや御覧
あさくあしいかくきみのきよらかんや御身かいかくせん
ハそこやこのりのつかはなをとはあはていそ山海とやは
さんろとは風まのみちなれ人のなふはなしめてや有つ
おりしもひとへいふ山海とのはた長者いうきみ足かひはか
九百九十ひきはかりかなふてひはかあまたあめ
なれかうしとはこのりたからつくとむくく苦をもろ
をもろりのかれりきふよりきくさんろとの下なる草根を
あなをよきにうてくひ給へいとこりやみとをこひ
ゆくつきひしやうき給ひてあくれいうし此くちをつゝ人
かくのり七うちつきうきくの雅色へ渡せ給ふ千人の

ゆくつゆしやう志染ひてあはれいうしれくちとせり女人
乃らのりせうちつまうしろの勝色を入わきせ給ふ千人の
こゝろとをいふりなしひとの事のまゝはをてまうゆ
なをつさけうさませかねませ若紙のいてこりや候
さいはらりなりせうめりのは半ようちこゝの節うち
御らく酒しまり候るさたもうちうまんおんう志き大日如来
乃けしんと仏ゐかうやさあり仏ゐか人間きみまり
申さのてちく志やうなりまゐしいろさせいなを見知そかりし
おほしくて薬をもて御とものをうけまこそと
まみとの梅えなをちやうもんを女人かこゝのりたまうし
なをさくらりとも山路とのゝ梅くものなをいなかふていふ
風りんもこ一節て申さうおすろひそやさんろとの薬
ちしら御かやえをつけかんちうしみは草をとりてか
すりてまめすましくをいよかりらふ一病ともさうぞかりた

おほしくて草をもちゐと花のをなつけまいらせさせ
きみのしの梅えんをちやうえんを名人のこゝろたゝし
なをさくらりも山路をの梅くのめなをいなみといふ
庭のんまに節て申さうおすろひそやさんろとの草
ちしろかふえをつけかんちうしみは草をとりてか
けかそよ梅けよくいそいふりふ一流をもそうはかりた
まいちにこれをもりちそてこそ殺つけく心すあかをいさんろの
草かりかりの節日ある向き田家のゝしわりさるゝい
せうさし野よわろあいあるさいまろ乃うゝよりめいて人はゝ
せんこひ出人おそいとて節もてこそ草かりふえてなか

花をはしの梅ゝりちそをゝやこみはみつてをう
きゐのひろてまゝりをこさ申てんと人さしありまいて

咎なき流人の物くるひちそとらへやこのはみつくとう
きみのひさしてまいり皇こそめてんと人さしあけまいて
あら世収めさん御ふけ世楽てうるひやさんはこう
すの八月十五日うさ八幡の放生会てうちう世ゆ
あら事をうりおこなは世給へ立まとさせていって
乃いのふさ入すのあて流人かんこの国うち山あや世
こうよちやうしや一人ありゝのゝのふ詩神事を流
とめさるゝ物かゝはみとも君や二人へまんさまあらく
天下をめくらさ御免こそよりしをまいりんを引くや
さらは流て人きやたもよそよりて九州の御まさう
なた流御おりやしちやしやおあひまいそてこれい
なかゝや君さいそやさんはこうさ事八月十五日はかう

たゝたしし、
なかにも、志さいらやさんは、ことしも八月十五日にはいら
さい八幡乃はまへめくうろう志やうゑと申事をとり
おこなはせ給へそまをきゝていそいのりのへ参りならは
ひきさんは志さしやうこく志やう志んさん人八人比在
ためとめ人のゝちおのこさいらていさう乃はうをとうち
さんしく乃もとゝを騎りあけきい馬あけむまみこれむ
志ゝてんらく綴つてのち酒つきあはよちやうしやきこ
志あきれてあゝむつしけかゐ事やらそさんこくりん
うとゝろわうふのとりはこうしくをそろひ給ましとも比
酒つをあし酒りんりちうしてともくそのともさかん
乃ともりたゝをあつめてわしかんちうの中にて酒をさかめて
し志つてあうさりとも酒てうたにてふ志ろしめ
さもいふとてのう〈あまりてたあ奉れう志子たりつの里

のさし　なり　ゝ
しきつてあるうちのりとても形見にて不しきりしめ
さまにてとそのうへまゐりてたあまくれうしまてりのま
なりゐて以へ御ふさめとやりんかうく思ひましとは
ちやうしやきこしめされてけふくきまはさそわか
らんあの山颪さえやこのりのとこくり御ふさめを
和て御神事とはかめさるす御物かはらひいて
いかものなりとも長者かむこふさらふ我そのところ见
うしあいこて法もくひあさくやすめしやりんきなり
よりもみとさかふ御神事しきかは惣門かは十町よ高橋を
御つて二町とはのけなことおつけ八町す両ことふそ
あそらしと在は八幡とたつけて我もらくさかりてんと人
のまさかるのまくかは三ちやう小馬場をやりて三町り
両ことをくちくいつそなすとは御ふさめと申て我いはゆ

あそこをは八幡となつけて是よりさくさまうてんと人
のまさかりのまへには三ちやう小馬備をやつて之あり
佛をとゝそくあそをすとは御つきあとゝて是い御
のあさしまてたふとりを御とさうふ所まして若
きこしめされてかてきだんちいしく所の信ありのされ
は御かさめを知て此神まりをなともなりかさてうさ八
まんを此ちかんあまさせひちやうしやまむこゑとつて宮ゐに
に方のらくをよるてあまここのたちをとよるて始さゐうさ
のとおくけい御へ志佐ひよりき御召八月十あるみてな
つきしたはうさ八幡乃御おかまへこきんこしてあんうつれ大
無う小名さしこき後うちこ始ちをゆひせのくて御前
ちやうしやうゝ梅をもおゝくさしきさゝもつて御ゑとさ
ふあひて志さしやうこく志ゆう志ん心はん文人ハ人せん

らう小名さし三きうちに陣ちをゆひそめしくわん国志ゆふ
ちやうしやうの物をおほくさしくさしそへつてわん国をさ
ふかあひくしきさしやうこく志やう志んかん人八人まん
風なかとめ五人のくらゐのこさいりていとゝの保とゝと
うちさつくれきやうとかりあけきいるあけ馬みこのむ
志てんくくらゐつてのち風かさあになおさるあひく
みとみはいろさき志やうろくてまいりけるおふる
りくひくそとひくゝとつくそて法門よなるみとふかめ
まお御めしさしさよせゆつときされける八幡まくしご
保てぬし一乃納ちやうとあそそと二のまとそくしと何く
川く三の御とまけさひもいそかゝしせ給ひまゐらせ
志んてんみころ小志ん二うして志ろさといへんさて忠信志
きんの志やうくまを清もちありかゝしけるくにも八幡をゆるさ

りく三の御よはしさひおもいそかしせ給ひけるに
しんてんみそらにしんとうしてしよさまいらんにそおはし
きんのしよくをたもちあまりかたしけなくも八幡大ほさ
いそかせ給ひくしてふかしこまりいかに御事にはそ
まつりたまふ十せんくこん九せん九せんの神乃神をなん十
せん乃御身をかくしてたちあらはせ給へつてつましくあすい
おうなりはいつもはみつからにいさんこさよあまたうらんこさよ
あらぬ物かへはまるせのたちやうさるゝせうすめてはわき
人おほくさそのたらふちやうしやうかうぬるさこさより
こうれおうさせ給ひくいかゝかゝ御事にて十せんの御こ
なを三年かありしたりひや事一九くちおしきつとやて
つまりていおつきたりけまいてはゝ御門よりいらんまし／＼て
よしく御子の数まうし御身かむすめをこゝろゆへは
こうしをはなつありけるそいまはひめをさいつせよう

てうていおんまたりなまてはたゝ門とゐらくましくて
よしくらゐをかしく御身むすめを三人ゆくて
ことなせはなまえありけるそつまにはひめをさいなせよう
けさ姫を御てひてかくけるくもうさ八まん代うい
しゆくみんまてゝ姫よの姫ハ十六よりめいてんまう十八
と申す御つかいなるんこまよるありこさよくるうきんてんの
うてなのうち大き姫井志きんおさむよくのるゝひめ
さうしにしそこてしけまそのうち法をまらけさせ
ゝ姫りく志もうらく志かとゝてわってこゝにこゝちをひ
るめさせて御ふかりゝ姫よのひめたこ志ようなとんおん
よろめいてんまう何らくゝ妙なれけ志ん志後うらくたこ
くせらるんおん代けあんなりようめいてんまうこひゆ
色あそばすゆゑとてそくせうらいうえしやうれしゝね

こうしせはなをありけるそいまはひめをさいしやう
けいの御ちゝの御とやてかうけるくもうさ八まんれうい
しやくみんまていの御よろ姫を十六よりめいてんまう十八
とやみ御つふらんまてよあり、さよくろうきんてんの
うてなのうちれたる御井志んあくまよくのゝうひあ
さうしんしそこそてしけきそのゝち御子をとまうけさせ
ゝ御ひとく志ゆうらく志みとやてわつてまうふらかうをひ
ろめさせて御ふかりゝ御よろひめを志ゆうらんおん
ようめいてんまう何らとこゝ妙年れけ志ん志らうらく志子
らせらんおんれけあんなりようめいてんまうこひゆ
色あそ以す御えをてそらさうりうえしやうれしゝね
事なはまこせゝうちまう以御すてまそとよ

解題

『真野の長者物語（まののちょうじゃものがたり）』は、幸若舞曲『烏帽子折（えぼしおり）』に出てくる真野の長者の物語を絵巻化した作品である。『烏帽子折』の一節と見ることもできるが、独立した絵巻として仕立てられているので、一つの物語として、本書を影印刊行する。

以下に、本書の書誌を簡単に記す。

所蔵、架蔵
形態、絵巻、一軸
時代、［江戸前中期］写
寸法、縦三三・六糎
表紙、灰色地繍表紙
外題、なし
見返、金紙
内題、なし
料紙、斐紙
字高、約二九・二糎

室町物語影印叢刊40
真野の長者物語
定価は表紙に表示しています。

平成二二年六月三〇日　初版一刷発行
©編　者　石川　透
発行者　吉田栄治
印刷所エーヴィスシステムズ

発行所　㈱三弥井書店
東京都港区三田三—二—三九
振　替〇〇一九〇—八—二一一二五
電　話〇三—三四五二—八〇六九
ＦＡＸ〇三—三四五六—〇三四六

ISBN978-4-8382-7073-6 C3019